This buik belangs tae

_____

_____

_____

For Geraldine, Joe, Naomi,
Eddie, Laura and Isaac
M.R.

For Amelia
H.O.

Picture Kelpies is an imprint of Floris Books
First published in 1989 by Walker Books Ltd, London,
under the title *We're Going on a Bear Hunt*
This edition published by Floris Books 2016

Text © 1989 Michael Rosen
Illustrations © 1989 Helen Oxenbury
Scots version © 2016 Susan Rennie

Published by arrangement with Walker Books Limited,
London SE11 5HJ

The publisher acknowledges subsidy from
Creative Scotland towards the publication of this volume

British Library CIP data available
ISBN 978-178250-316-3
Printed in China

We're Gangin on a Bear Hunt

Retold by
Michael Rosen

Illustrated by
Helen Oxenbury

Translated by Susan Rennie

We're gangin on a bear hunt.

We're gaun tae catch a braw yin.

Whit a bonnie day!

We're no feart.

Uh-oh! Gress!

Lang waggin gress.

We canna gang ower it.

We canna gang unner it.

Och naw!

We'll need tae gang throu it!

Sweesh swush!
Sweesh swush!
Sweesh swush!

We're gangin on a bear hunt.

We're gaun tae catch a braw yin.

Whit a bonnie day!

We're no feart.

Uh-oh! A river!

A deep cauld river.

We canna gang ower it.

We canna gang unner it.

Och naw!

We'll need tae gang throu it!

Plish plash!
Plish plash!
Plish plash!

We're gangin on a bear hunt.

We're gaun tae catch a braw yin.

Whit a bonnie day!

We're no feart.

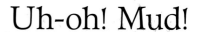

Uh-oh! Mud!

Thick claggie mud.

We canna gang ower it.

We canna gang unner it.

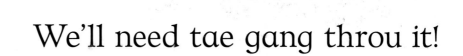

Och naw!

We'll need tae gang throu it!

Plotch plodge!
Plotch plodge!
Plotch plodge!

We're gangin on a bear hunt.

We're gaun tae catch a braw yin.

Whit a bonnie day!

We're no feart.

Uh-oh! A forest!

A mirk an muckle forest.

We canna gang ower it.

We canna gang unner it.

Och naw!

We'll need tae gang throu it!

Stummle stot!
Stummle stot!
Stummle stot!

We're gangin on a bear hunt.

We're gaun tae catch a braw yin.

Whit a bonnie day!

We're no feart.

Uh-oh! A snawstorm!

A birlin skirlin snawstorm.

We canna gang ower it.

We canna gang unner it.

Och naw!

We'll need tae gang throu it!

Skirl screech!
Skirl screech!
Skirl screech!

We're gangin on a bear hunt.

We're gaun tae catch a braw yin.

Whit a bonnie day!

We're no feart.

Uh-oh! A cave!

An eerie oorie cave.

We canna gang ower it.

We canna gang unner it.

Och naw!

We'll need tae gang throu it!

Tippy-taes!
Tippy-taes!
Tippy-taes!
Jings! Whit's there?

Ae sheeny weet neb!

Twa roond tousie lugs!

Twa great glowerin een!

IT'S A BEAR!!!!

Quick! Back throu the cave! Tippy-taes! Tippy-taes! Tippy-taes!

Back throu the snawstorm! Skirl screech! Skirl screech!

Back throu the forest! Stummle stot! Stummle stot! Stummle stot!

Back throu the mud! Plotch plodge! Plotch plodge!

Back throu the river! Plish plash! Plish plash! Plish plash!

Back throu the gress! Sweesh swush! Sweesh swush!

Rin tae oor front door.

In ower the door.

Up the stair.

Och naw!

We didna sneck the door.

Back doon the stair.

Sneck the door.

Back up the stair.

Intae the bedroom.

Intae bed.

Coorie unner the claes.

We'll no gang awa

on a bear hunt again.